A BON ENTENDEUR,

SALUT.

PARIS,

Chez **CORRÉARD**, libraire, Palais-Royal, gal. de bois

5 avril 1820.

A BON ENTENDEUR,

SALUT.

Lorsque nos gracieux ministres se sont présentés à la Chambre pour défendre le projet de loi qui établit la censure des journaux ;

On leur a demandé, s'il ne convenait pas de fixer à la fin de la session le terme de la loi exceptionelle, puisque, dans cet intervalle, on avait le tems de corriger les défauts de la loi répressive actuelle dont l'insuffisance était le plus puissant motif de l'établissement d'un régime provisoire ;

Et nos ministres, qui sont toujours conséquens avec eux-mêmes ont répondu que non.

On leur a demandé s'il n'était pas juste de suspendre la censure pendant les élections afin que le ministère n'exerçât pas seul une influence directe sur les nominations;

Et nos ministres, qui sont trop consciencieux pour favoriser un candidat au préjudice d'un autre, et qui ne l'ont jamais fait, ont répondu que non.

On leur a demandé s'ils ne consentaient pas à exempter de la censure les réclamations qui s'éleveraient contre des violations de la liberté de conscience, contre des attaques à l'inviolabité des domaines nationaux ainsi que les écrits qui dénonceraient les manœuvres tendantes à provoquer l'invasion du territoire par les étrangers ;

Et nos ministres, dont personne n'a jamais mis en doute le respect pour la charte et le patriotisme, ont répondu que non.

(4)

On leur a fait observer que ne pas permettre la libre impression des séances de la chambre, c'était tendre à détruire la confiance de la nation dans les députés ;

Et nos ministres, qui n'ont certainement rien à redouter des impuissantes attaques et des vaines accusations des députés ont répondu que non.

On leur a demandé s'il n'était pas convenable d'accorder aux personnes injuriées dans les journaux et aux accusés détenus, la permission de répondre librement aux injures et aux accusations ;

Et nos ministres, qui n'ont jamais fait injurier personne sans lui laisser la faculté la plus illimitée de se défendre, ont répondu que non.

On leur a demandé s'il n'était pas juste d'exempter formellement de la censure les gravures déjà publiées qui retracent les exploits et les brillantes actions de nos guerriers ;

Et nos glorieux ministres ont, par modestie, répondu que non.

On leur a demandé s'il n'était pas de l'humanité de ne pas réduire à rien par la censure une branche de commerce dont les produits ont si peu de rapport avec les écrits périodiques, et dont la destruction mettrait dans la misère vingt mille ouvriers ;

Et nos miséricordieux ministres ont répondu que non.

On leur a demandé s'ils ne pensaient pas qu'il fût bon de réduire des peines sans proportion avec le délit, et de les préciser de manière à ce que l'esprit de parti ne pût pas les aggraver pour les uns et les réduire à rien pour les autres ;

Et nos ministres, dont on ne s'avisera certainement plus de contester la clémence et l'impartialité, ont répondu que non.

On leur a demandé si l'esprit de justice ne suffisait pas à ce que l'on pût poursuivre l'auteur d'un article censuré pour des fautes dont le censeur seul devenait coupable ;

Et nos ministres, dont l'équité vient ici briller dans tout son éclat, ont répondu que non.

Enfin, on leur a demandé s'ils ne sentaient pas eux

mêmes la nécessité de laisser publier librement les discussions sur le budget et les observations auxquelles donneraient lieu les comptes qu'ils rendraient à la chambre:

Et nos ministres, saisissant avec esprit l'occasion de donner une nouvelle preuve de leur intégrité, ont sur-le-champ répondu que non.

De cette série de réponses si éloquemment uniformes, que nos gracieux ministres ont faites à tant de demandes diverses, on peut conclure, sans craindre de se tromper, que toutes les vérités qui pourraient déplaire à leurs excellences seront impitoyablement exclues des journaux, et que les instructions transmises aux honorables personnages qui rempliront les nobles fonctions de censeurs, réduiront à fort peu de chose, dès l'origine, les observations libres et les faits importans que les journalistes jugeront dignes d'être publiées. Mais la censure n'est pas faite pour s'arrêter en si beau chemin, et quelque restreinte que puisse être la faculté accordée aux écrivains, elle devra nécessairement diminuer de jour en jour.

On sait combien un amour-propre, naguère blessé, devient de plus en plus chatouilleux, à mesure qu'il exerce davantage le droit de commander l'éloge et d'imposer silence à la critique; on sait aussi combien les valets sont plus susceptibles que leurs maîtres eux-mêmes, sur tout ce qui peut blesser l'honneur de ces derniers, par la raison toute simple qu'ils connaissent mieux que personne les ridicules, les défauts et les vices de leurs maîtres; enfin l'on sait combien la vérité fut toujours insolente surtout à l'égard de nos gracieux ministres; l'on peut donc facilement voir comment s'étendra de jour en jour la catégorie des vérités proscrites, et comment aussi se restreindra rapidement le champ des vérités auxquelles il sera permis de prendre leur essor; quelque courageuses, quelque pures que soient les intentions de quelques-uns des écrivains qui se soumettront à la censure, leurs récits n'offriront donc jamais qu'une faible et pâle copie de la vérité. Et les services que leur généreuse soumission aura rendus au public, se réduiront à la conservation d'un poste important. Ce serait donc en vain que l'on s'adresserait aux journaux pour connaître les divisions et la position des partis, les victoires et les défaites auxquelles donnent lieu leurs combats journaliers, les projets des ministres, leurs actes, les entreprises de leurs agens et les motifs qui les auront guidés.

Les journaux ainsi réduits à l'esclavage seront donc nécessairement nuls et insignifians, s'ils ne sont pas mensongers. Mais les journaux ne sont pas la pensée humaine. Ils ne peuvent être que l'un des nombreux instrumens de son expression; et comme le nombre et le généreux courage des écrivains, d'une part, et de l'autre, l'active curiosité du public, ne permettent pas qu'elle soit jamais asservie, elle ne fera que changer de forme, et ceux qui ont cru se débarrasser de ses attaques en l'expulsant des journaux, la rencontreront nécessairement ailleurs. Dans l'état actuel de la législature, les brochures se présentent naturellement à l'écrivain qui n'a pas renoncé au dangereux mais honorable ministère de surveiller le pouvoir, de garantir les citoyens de l'arbitraire et d'employer tous ses moyens au succès de la noble cause de la liberté. C'est dans ce champ, naguère formé, que va se transporter la lutte. Peut-être pendant les premiers jours, les écrivains qui ne pourront pas se présenter aussi commodément aux lecteurs qu'ils l'auraient fait dans les journaux, seront-ils retardés dans leur carrière ; mais bientôt mille facilités méconnues jusqu'à ce jour, vont être créées pour favoriser la communication de la pensée et pour suppléer le moyen que l'on a détruit. Le public, sans la surveillance duquel on ne peut plus gouverner aujourd'hui, excité par la curiosité, et guidé par son véritable intérêt, qui est de ne rien ignorer, se prêtera de la meilleure grâce du monde aux expédiens qu'on lui suggèrera, prendra les choses pour ce qu'elles sont, et la censure n'aura fait faire l'opinion que pendant quelques jours.

Et que les ennemis de la liberté ne croient pas qu'ils auraient paré à cette inconvénient en soumettant les écrits peu volumineux à la censure. Si l'on flagelle aujourd'hui dans des brochures ceux qui ont annullé les journaux pour éloigner le bruit dont ils les étourdissaient, on poursuivrait bientôt avec acharnement dans des volumes ceux qui se seraient emparés de la direction des brochures, et l'on finirait par écraser sous l'*Encyclopédie* l'imprudent qui essaierait de penser seul dans les volumes. Si la censure étendait son voile sur tous les moyens de publication, si l'oppression devenait générale, je sais bien ce qui arriverait, mais je n'ai pas envie de le dire.

Attendons-nous donc à voir naître chaque jour et se multiplier indéfiniment des écrits peu volumineux, faciles à lire, à transporter et à répandre, devenus les dépositaires des avertissemens utiles et des pensées généreuses que, nécessairement, on a cru étouffer en les expulsant des journaux.

Espérons que ce cortége de brochures, et le concert d'éloges qu'elles adresseront indubitablement au ministère, croissant et s'élevant de jour en jour, accompagneront leurs excellences jusqu'au moment où elles croiront devoir changer de système, ou remettra le pouvoir en d'autres mains.

FACULTÉ DE CENSURE.

Concours pour une place de Censeur.

La faculté se compose de trois ministres et de tous les docteurs en censure.

La séance est ouverte sous la présidence de M. P....

Immédiatement à ses côtés sont placés les deux ministres, ses collègues; viennent ensuite les docteurs. Les tribunes sont occupées par un grand nombre de gendarmes, de commissaires de police et ayant cause.

Après un discours fort éloquent, dans lequel le président fait une peinture animée des besoins du gouvernement, des effets produits par l'indépendance des journaux, et des dangers que court l'arbitraire ministériel; il ordonne que les candidats soient introduits.

Les portes s'ouvrent : les candidats précédés et suivis de gendarmes, pénètrent dans la salle et viennent se placer debout devant la faculté.

Le président aux candidats : Etes-vous, messieurs, dans la ferme résolution de servir le gouvernement par tous les moyens qui seront en votre pouvoir ?

Les candidats : Oui, Monseigneur.

Le président au premier candidat : Jeune homme, quels sont les titres que vous avez à faire valoir ? Quels sont les services que vous avez rendus pour prétendre au poste éminent de censeur ?

Le premier candidat : Monseigneur, je suis trop jeune encore pour compter des services ; et c'est principalement sur cette circonstance que je fonde en ce moment mes prétentions : personnellement désintéressé dans les événemens d'où sont nées les passions qui s'agitent aujourd'hui, je me crois, par cette seule raison, dans la position la plus favorable pour juger de leurs excès, et pour occuper, au milieu d'elles, la place de modérateur (*ici le président se mord les lèvres*).

Un docteur : Ce n'est pas un modérateur que Monsieur demande, c'est un censeur.

Le président au deuxième candidat : Et vous, Monsieur, quels sont les titres, quels sont les services sur lesquels vous vous appuyez ?

Le deuxième candidat : Pour moi, Monsieur, j'ai pris part à tous les événemens qui se sont passés en France depuis trente ans. J'étais sous les drapeaux, quand les premiers accens de la liberté se firent entendre ; mon jeune cœur en tressaillit d'orgueil. Tant que la liberté régna, tous mes vœux furent pour elle. Mais bientôt un nouvel ordre de choses s'annonça ; un grand empire fut fondé ; un grand pouvoir s'éleva : d'un côté, les nations de l'Europe terrassées par nos coups ; de l'autre, la France soumise au joug d'une monarchie superbe, vinrent commander mon admiration : mon esprit s'agrandit, mon imagination s'exalta ; je me fis agent de police, et, dans ce poste utile, je suivis avec un dévouement sans bornes le grand homme qui présidait aux destins du monde. Mais bientôt le monstre tomba ; alors je me déchaînai contre lui ; je volai à la rencontre des Bourbons ; mon cœur était plein encore du plus tendre attachement pour leurs personnes ; j'étais dans le délire du

(9)

sentiment ; je m'intriguai, je fis valoir les services de mes aïeux, et je parvins enfin à trouver place. Mais un grand écueil ne tarda pas à se présenter devant moi ainsi que devant tous les hommes publics. Les intérêts anciens s'étaient réveillés, et menaçaient les intérêts nouveaux. Plusieurs fonctionnaires, ne consultant que leurs sentimens, et je ne sais quoi encore, que, de par le monde, on appelle conscience, vinrent se briser contre cet écueil. Pour moi, voici comment je m'en tirai : voyant que le gouvernement ne se prononçait pas, je louvoyai. Je savais bien que cette incertitude ne pouvait durer longtemps. En effet, il me parut bientôt que les intérêts nouveaux obtenaient la préférence, je m'y dévouai sans réserve ; j'appuyai de toutes mes forces la loi des élections, dont l'entière exécution devait à jamais garantir ces intérêts ; et comme il arriva qu'au bout d'un an, le pouvoir s'accommodait encore de ce système, je repoussai avec chaleur les attaques dont alors il devint l'objet. Mais la position n'est plus la même ; le pouvoir ne saurait plus s'en accommoder ; il faut qu'il soit détruit, et je ne goûterai plus ni repos ni satisfaction avant ce temps, à moins pourtant que Monseigneur n'en ordonne autrement.

Les docteurs : Bravo ! bravo !

(*Les bravos sont répétés avec enthousiasme par tous les auditeurs. De toute part les regards se portent sur la personne du président qui, sensible à l'allusion flateuse que l'assemblée saisit avec tant d'empressement, s'incline en baissant modestement les yeux.*)

Le président au premier candidat : Sur quels points comptez-vous exercer la censure ?

Le premier candidat. Le gouvernement a dit , et je ne puis croire que le gouvernement soit de mauvaise foi, qu'il existait des doctrines perverses dont la propagation tendait à détruire la religion, la morale, la monarchie et toute combinaison sociale : c'est l'expression de ces doctrines que je me propose d'empêcher , parce que je crois l'état de société nécessaire à mes compatriotes, et par conséquent, la religion, la morale et la monarchie.

Les docteurs: ceci n'est pas clair.

Le Président au deuxième condidat. Et vous, monsieur, comment comprenez-vous la tâche que vous auriez à remplir ?

Le deuxième candidat. Je sais, monseigneur, qu'il existe certaines doctrines qui tendent a changer ou à modifier certaine religion, certaine morale, certaine monarchie, certaine combinaison sociale tout à fait à la connaissance de V. Exc. C'est sur ces doctrines vraiment perverses, que je compte porter impitoyablement les ciseaux conservateurs de la censure, si toutefois j'ai le bonheur d'obtenir vos suffrages.

Les docteurs ensemble:

> *Benè , benè respondere ;*
> *dignus est intrare*
> *in nostro docto corpore.*

Le président au premier candidat : Quels sont les autres devoirs d'un *bon et loyal censeur ?*

Le premier candidat. Ces devoirs sont encore de retrancher les injures, les personnalités, mais de respecter toutes les opinions.

Un docteur : Ceci est bien vague.

Le président au premier candidat : Qu'entendez-vous par ce mot *personnalité.*

Le premier candidat. J'entends toutes les attaques dirigées nominativement contre les personnes privées. Il ne me paraît pas que la censure doive s'étendre aux attaques dont les dépositaires du pouvoir peuvent être les objets ; il me semble que ces derniers appartiennent essentiellement à l'opinion publique, et que l'intérêt général exige que l'opinion puisse se prononcer franchement sur leur compte. Il est vrai que la calomnie peut les atteindre, mais les lois sont là pour la réprimer. *(Violents murmures dans l'assemblée.)*

Le président au deuxième candidat : Qu'entendez-vous par *personnalité ?*

Le deuxième candidat : J'entends non-seulement toute attaque dirigée nominativement contre les dépositaires du pouvoir, mais encore et surtout les doctrines contraires aux leurs. Cette manière détournée d'injurier les gens me paraît de toutes , la plus offensante , quant aux personnes privées. Je dirai franchement que je ne vois pas à quel sujet les honneurs publics interviendraient dans les différens qui peuvent s'élever entre elles.

Les docteurs ensemble :

Benè , benè respondere;
dignus est intrare
in nostro docto corpore.

Le président au premier candidat: Vous disiez tout à l'heure, je crois qu'un censeur doit respecter toutes les opinions ?

Le premier candidat : ainsi le dit la loi, et vous l'avez promis , monseigneur.

Le président au même : fort bien, fort bien : mais selon vous , qu'est-ce qu'une *opinion ?*

Le premier candidat : J'appele ainsi toute manière de voir sur les affaires publiques qui, fondées ou non en raison , a néanmoins pour objet apparent , le maintien ou le développement de la constitution présentée par le roi, et consentie par la nation. (*Ici un mouvement général d'indignation se manifeste dans l'assemblée. Les docteurs se lèvent en masse et demandent le rappel à l'ordre.*)

Le président au premier candidat : Vous voyez monsieur, le mouvement que vos discours imprudents viennient d'exciter ; à l'avenir modérez un peu vos expressions. Je vois clairement que votre esprit est entâché dans certaine théorie *de je ne sais quelle souverainetés toujours présentée et jamais définie.* Dites moi, monsieur, où pensez vous que réside la souveraineré ?

Le premier candidat : Il me semble que la souveraineté réside essentiellement dans l'ensemble des intérêts dont la société se compose. (*Les cris à l'ordre ! se font entendre de toutes parts ; l'indignation est à son comble, ce n'est qu'avec beaucoup de peine que le président parvient rétablir le calme*).

Le président au même : Il ne m'est pas permis de laisser sans réponse une doctrine aussi étrange que celle que vous venez de professer. Apprenez, monsieur que,
« La souveraineté est pour toute société ce que l'intel-
« ligence est pour l'homme. Elle existe, non pas telle

« que ses passions voudrait la former ou la dénaturer,
« mais telle que la raison suprême l'a faite pour la con-
« servation, la durée, la perpétuité des grandes familles
« de la race humaine. » (*Bravo, bravo!*) comprenez
vous monsieur ? (*Le candidat se frotte la tête et s'incline.*)

Le président au second candidat : mais revenons :
nous en étions je crois sur les opinions que les censeurs
doivent respecter : selon vous, monsieur, qu'est-ce
qu'une *opinion ?*

Le deuxième candidat : Je ne donne ce nom qu'aux
manières de voir entièrement conformes à celle du ministère et de ces agens : tout le reste ne saurait être
autre chose que le produit de l'ignorance ou de la mal-
viellance.

Les docteurs ensemble :

> *Benè, benè respondere;*
> *Dignus est intrare*
> *In nostro docto corpore·*

Le président aux candidats : Messieurs, j'ai devant
moi les divers journaux qui se publient à Paris. Je vais
vous en lire quelques passages que je prendrai au ha-
sard. Supposez l'un et l'autre que vous soyez censeurs,
et donnez-nous votre avis.

Le président lisant : M. B. C. est évidemment l'en-
nemi de la famille royale ; c'est un jacobin, un révolu-
tionnaire.

Le premier candidat : Voilà des injures, je les sup-
prime.

Le deuxième candidat : Voilà une opinion, je la
respecte.

Les docteurs au deuxième candidat : Bien, bien,
fort bien.

Le président lisant : Il suffirait de prouver que le
projet de loi sur les élections tend à remettre le choix
des députés entre les mains du pouvoir, pour prouver
que ce projet menace toutes ses libertés, qu'il détruit
toutes les garanties.

Le premier candidat : Voilà qui est fort sensé ; je
passe.

Le deuxième candidat : Voilà une épouvantable doctrine ; voilà une grossière injure pour Monseigneur ; voilà un appel à la révolte; j'efface, et je prends note.

Les docteurs : Bien, bien, fort bien.

Le président lisant : La légitimité des choses se prouve par leur utilité.

Le premier candidat : Ceci me paraît juste, et d'ailleurs c'est une opinion ; je passe.

Le deuxième candidat : Voilà encore une doctrine perverse ; voilà encore une injure; j'efface. On n'a jamais dit la vérité qu'une seule fois sur cette question, et c'est Monseigneur qui en a la gloire. « La légitimité, a dit » S. Exc., c'est l'ordre naturel, aussi elle n'admet de » formes que celles qui sont réelles, et elle les respecte » quand elle les a admises. »

Les docteurs : Bien, bien, fort bien.

Le président lisant : Chambre des députés, séance du...

Le premier candidat : Monseigneur se trompe, ceci ne nous regarde pas.

Le deuxième candidat, furieux, s'adressant au premier : Monseigneur se trompe!... Monseigneur se trompe!... Apprends, malheureux, que Monseigneur ne se trompe jamais. (*Vif mouvement d'adhésion de la part de l'assemblée.*) Le président annonce que la faculté est suffisamment éclairée sur le mérite des concurrens, et qu'elle va prononcer sur leur sort. Aussitôt il recueille les voix et proclame le résultat suivant :

A l'unanimité, la faculté décide que M..... deuxième candidat, est élevé à la dignité de censeur. Elle décide aussi à l'unanimité que N...., premier candidat, ne sera plus admis à concourir devant elle pour cet honorable emploi.

Après avoir entendu cette décision, le premier candidat se dispose à sortir ; le président prend précipitamment un morceau de papier sur lequel il trace à la hâte quelques mots qu'il signe et qu'il fait signer à ses deux collègues présens. Il remet ce morceau de papier à un des honorables assistans qui, suivi de deux gendarmes, arrive aux portes de la salle presqu'aussitôt que le candidat exclus

Je viens de lire dan s *l'Echo de l'Ouest*, journal qui s'imprime à Rennes, la relation de ce qui s'est passé dans cette ville le 31 mars, au moment de la remise du drapeau, par M. le général comte Coutard, à la légion *bis* d'Ille-et-Vilaine. J'ai voulu en tenir note et la consigner dans cette brochure, afin qu'elle fasse naître dans l'esprit des personnes qui la liront les réflexions qu'elle doit naturellement exciter. Que serait-il arrivé, si la troupe ne s'était pas montrée plus sage que M. le comte? La pensée seule en fait frémir. Et où, et quand de pareilles choses ont-elles lieu? Au dix-neuvième siècle, et en France, et sous un régime constitutionnel!

« Nous nous empressons de rendre compte de ce qui s'est passé ici hier, lors de la remise du drapeau de la légion *bis* d'Ille-et-Vilaine : les faits dont nous allons donner le récit ne manqueront pas d'être dénaturés par la passion et l'esprit de parti. Spectateurs calmes et tranquilles, nous allons le rapporter avec impartialité et exactitude, n'affirmant que ce que nous avons vu: ce que mille témoins pourraient attester comme nous. Nous n'omettrons aucune circonstance importante : les faits une fois bien connus, il ne restera à la malveillance, nous osons le croire, aucun prétexte raisonnable de calomnier nos jeunes concitoyens.

Vers midi, le régiment d'artillerie, la légion de la Dordogne et l'escadron du train se trouvaient réunis sur la place du Palais, pour assister à la cérémonie.

Sept à huit cent jeunes gens étaient partagés en divers groupes autour du carré formé par ces troupes.

Après la bénédiction du drapeau, qui eut lieu à l'église de Saint-Germain, la légion revint sur la place où elle se forma en bataille au milieu des troupes de la garnison. Avant de lui remettre son drapeau, M. le comte Coutard prononça un discours qu'il termina par les cris de *vive le Roi long-temps! vive les Bourbons toujours!* Les jeunes gens y répondirent: par ceux de *vive le Roi! vive la Charte! vive la Constitution! toute la Constitution! rien que la Constitution! point de loi d'exception!* A ces cris, le général se porte rapidement avec son état-major et un piquet de gendarmes vers le groupe le plus nombreux; il arrive d'un air menaçant et pouvant à peine se contenir : ces jeunes gens le reçoivent de pied ferme et en continuant de répéter les mêmes cris : le général prononce alors le cris de *vive le Roi!* avec un accent de rage que tout le monde remarque : *vive le Roi! la Charte, toute la Charte!* répètent les jeunes gens.

On nous assure qu'il ordonna aux cannoniers, en passant près d'une compagnie, de balayer ce groupe, et que les canonniers répondirent : « cela ne nous regarde pas » : on nous a même ajouté que M. Camas, commandant l'école d'artillerie, dit alors : les canoniers ne bougeront que lorsqu'ils en auront reçu un ordre légal de la place ». Nous remarquâmes bien qu'effectivement le général donna un ordre en passant près des cannoniers, mais nous n'entendîmes pas quel était cet ordre : ce qu'il y a de sûr, c'est que ceux-ci ne firent aucun mouvement. Les grenadiers de la légion de la Dordogne reçurent aussi l'ordre de se porter en arrière des jeunes gens, et ils obéirent ; mais à peine avaient-ils exécuté leur mouvement, qu'ils revinrent à leurs places, soit d'eux-mêmes, soit d'après les ordres de leurs officiers.

Après avoir été environ deux minutes au milieu du groupe, le général se retira et retourna au milieu de la place. A peine y était-il arrivé, que les mêmes cris se continuant toujours avec une nouvelle énergie, il revient une seconde fois au galop avec son escorte, dans le même groupe ; alors il y eût là des explications : Messieurs, dit le général, lorsque nous crions *vive le Roi!* nous crions aussi *vive la Charte!* Nous voulons, comme vous, le roi et la charte. « Général, lui dit-on, il faut que le soldat sache que nous vivons sous un régime contitutionnel, et nous avons remarqué que jamais vous ne parlez de la charte dans vos discours : et nous aussi nous voulons le roi et la charte ; mais quand nous crions *vive le Roi,* nons ne sous-entendons jamais le cri de *vive la Charte!* » Et en même temps, tous les jeunes gens, élevant leur chapeaux en l'air, répétèrent les cris de *vive le Roi! vive la constitution, toute la constitution, rien que la constitution! point de lois d'exception! vive l'armée nationale! vive les défenseurs du roi et de nos libertés!* Le général se retira alors.

Le colonel de gendarmerie descendit de cheval et vint au milieu des jeunes gens : sa figure calme contrastait

avec celle du général. On nous a assuré que celui-ci lui
ayant un instant auparavant ordonné de disperser les
jeunes gens, il refusa de se charger de l'exécution d'un
ordre semblable. Il donna des explications conformes à
celles que venait de donner le général, et cria lui-même
vive le Roi! vive la Charte! « Nous savons, ajouta-t il,
que le Roi ne peut se maintenir sans la charte. » Pendant tout ce temps, les troupes demeurèrent calmes,
mais il était facile de s'apercevoir, à la manière dont
les soldats souriaient aux jeunes gens, qu'eux aussi ils
ne séparaient point dans leurs affections les cris de *vive*
le Roi! vive la Charte!

Nous ne nous permettrons que quelques observations. Nous
avons peine à concevoir comment un général a pu se permettre
une démarche menaçante contre des jeunes gens à qui l'on ne pouvait reprocher d'autre crime que le cri de *vive le Roi! vive la*
Constitution! qu'ils y aient joint un cri d'indignation contre les
lois d'exception, était-ce donc un crime, surtout lorsqu'aucune
loi d'exception n'était encore promulguée parmi nous? et ces lois
fussent-elles promulguées, est-il donc défendu, lorsqu'on s'y sou-
met, de demander qu'elles soient retirées? Si nos ministres avaient
été témoins de cette unanimité de huit cents jeunes gens à deman-
demander l'exécution entière de la charte, peut-être auraient-ils
été eux-mêmes effrayés de leur propre ouvrage. Nos oligarques,
en voyant l'accord qui régnait entre les troupes et les jeunes gens,
se seraient sans doute aussi convaincus qu'il ne serait pas trop pru-
dent pour eux de compter sur des militaires français pour l'exécution de leurs moyens extrêmes.

Le même journal annonce l'ouverture d'une souscrip-
tion destinée au soulagement des victimes de l'arbitraire.

Hélas! si l'on en croit le bruit qui circule à Paris, les personnes qui ont eu la généreuse pensée de venir au secours des
opprimés, ne doivent pas tarder elles-mêmes à en grossir
le nombre. On assure que des poursuites juridiques vont
être dirigées par tel avocat général bien connu, contre
les membres de l'association nationale chargée de rece-
voir à Paris les souscriptions en faveur des *nouveaux*
suspects. Voudrait-on, en les persécutant, ajouter encore
à l'amour, à l'estime et à la vénération dont la France
entière environne l'élite de ses citoyens?

Imprimerie de P.-F. DUPONT, hôtel des Fermes.